**Frissella
frappe un mur**

Catalogage avant publication de la Bibliothèque nationale du Canada

Cantin, Reynald

    Frissella frappe un mur

    (La joyeuse maison hantée; 3)
    (Frissella la fantôme)
    Pour les jeunes de 7 à 12 ans.

    ISBN 2-89591-007-3

    I. Thibault, Paule. II. Titre. III. Collection: Cantin, Reynald.
Frissella la fantôme. IV. Collection: Joyeuse maison hantée; 3.

PS8555.A554F74 2004	jC843'.54	C2004-941154-3
PS9555.A554F74 2004		

Tous droits réservés
Dépôts légaux: 3e trimestre 2004
Bibliothèque nationale du Québec
Bibliothèque nationale du Canada
ISBN 2-89591-007-3

© Les éditions FouLire inc.
4339, rue des Bécassines
Charlesbourg (Québec) G1G 1V5
CANADA
Téléphone: (418) 628-4029
Sans frais depuis l'Amérique du Nord: 1 877 628-4029
Télécopie: (418) 628-4801
info@foulire.com

Les éditions FouLire remercient la Société de développement des entreprises culturelles du Québec (SODEC) pour son aide à l'édition et à la promotion.

Gouvernement du Québec – Programme de crédit d'impôt pour l'édition de livres – gestion SODEC.

Les éditions FouLire remercient également le Conseil des Arts du Canada de l'aide accordée à leur programme de publication.

IMPRIMÉ AU CANADA/PRINTED IN CANADA

Frissella
frappe un mur

REYNALD CANTIN

Illustrations
Paule Thibault

La Joyeuse maison hantée

N'hésite pas à venir me visiter
à ma cybermaison hantée
www.joyeusemaisonhantee.ca

la Joyeuse maison hantée

Au moindre problème, le docteur Sigsig s'empresse de les soigner.

Sigsig et Mermiz, son assistant, sont les deux seuls humains de cette Joyeuse maison. Avec l'aide de Carmelita, la grenouille détectrice de mensonge, ils s'efforcent de trouver le remède aux problèmes de chacun : des potions pour les monstres trop émotifs, des thérapies-chocs pour les chats joueurs de tours, des visites à l'Asile des fantômes défectueux pour régler les problèmes de Frissella… Le célèbre docteur Sigsig n'est jamais à court d'idées !

Minuit approche.

Frissella, la jeune fantôme, est très énervée. Dans le salon de sa prochaine victime, elle attend l'arrivée de la voiture familiale.

Son cœur bat fort dans sa poitrine. Elle vient de recevoir un ordre du Grand Fantôministre lui-même. Le maître de tous les fantômes lui a confié une mission spéciale: tranquilliser un petit malcommode prénommé Manuel en lui faisant très peur.

– Tu dois calmer ce jeune énervé par tous les moyens possibles, a précisé l'imposant personnage…

Deux jets de lumière traversent soudain les rideaux du salon.

– Les voilà! s'exclame Frissella en serrant les poings. À nous deux, mon petit garnement!

Décidée à accomplir parfaitement sa mission, la fantôme se fait invisible et traverse le mur de la maison. *Whooouch!* La voilà dehors.

Assis sur la banquette arrière de la voiture, le jeune Manuel souffle dans une trompette en plastique. POUETT! POUETT! Il ne veut pas sortir. D'une main il tient sa trompette, de l'autre il se cramponne à la ceinture de sécurité. Sa mère le prie de venir. POUETT! est sa seule réponse. Finalement, son père s'approche et le saisit sous les bras pendant que la mère détache la ceinture. Les cris du garçon s'élèvent dans la nuit. L'homme réussit enfin à extraire Manuel de la voiture. Les hurlements de l'enfant redoublent d'intensité. Frissella en a des frissons dans le dos et des sueurs

l'intérieur. Toujours invisible, Frissella pénètre elle aussi dans la maison…

Whooouch!

Manuel chevauche un petit camion à six roues qu'il propulse avec ses pieds dans le corridor central. Au bout du corridor, il donne un violent coup de volant pour faire un tête-à-queue. Des rayures marquent le plancher de bois franc. Ses parents le supplient de se calmer.

– Il est l'heure de te coucher.

POUETT!

Exaspérée, Frissella décide de laisser les parents se débrouiller seuls avec l'énergumène. *Whooouch!* Elle pénètre dans la chambre de Manuel. Elle l'attendra là.

– Ce galopin va chanter une autre chanson quand il aura affaire à moi, foi de Frissella!

Les va-et-vient avec le camion se poursuivent. Peu à peu, le bruit diminue et s'arrête enfin. Curieuse, Frissella retourne dans le corridor.

Whooouch!

Manuel, couché à côté de son camion et de sa trompette, s'est endormi.

Comme il est calme subitement! Et si paisible... C'est à peine croyable. Un ange! Frissella se sent soudain attendrie, troublée. Son énervement est tombé d'un coup en voyant l'enfant qui dort.

Les parents de Manuel approchent. Avec précaution, son père le prend dans

gréable. On dirait que le mur lui a résisté. En le traversant, Frissella a failli rester prise dans la cloison.

« La fatigue, sans doute, se dit-elle. Cette crise d'enfant gâté a dû me mettre les nerfs en boule. Pas facile, pour un fantôme, traverser les murs avec les nerfs en boule ! »

Doucement, le père dépose Manuel sur son lit. Puis il repart sur le bout des pieds. Et Frissella se retrouve seule avec l'enfant endormi.

Manuel dort depuis un bon moment déjà et Frissella se sent toute drôle. Une émotion bizarre lui serre le cœur. Elle observe l'enfant dormir. Sa respiration régulière a un effet étrange sur elle. Décidément, rien ne se passe comme prévu.

Soudain, sans raison, Manuel s'assoit sur son lit. Il regarde dehors, par la fenêtre de sa chambre. On dirait qu'il cherche quelque chose. Son regard semble triste. Ses yeux sont remplis d'eau.

Devant cette tristesse, Frissella se sent envahie de pitié... Vite! Elle doit se

remant. Puis elle se fait visible aux mortels. Elle apparaît. Manuel peut maintenant la voir.

Mais le garçon n'a pas peur. Au contraire, on dirait que voir Frissella le rend encore plus triste. Ce grand chagrin oblige la fantôme à reculer jusqu'à la fenêtre de la chambre. Mais la fenêtre lui résiste. Frissella ne peut plus reculer. Elle ne peut pas la traverser.

Prise de panique, Frissella veut quitter cette pièce. Elle fonce sur un mur et... BOUNG!... elle se retrouve assise par terre, sonnée. Elle se relève, fait le tour de la chambre, mais tous les murs lui résistent. Ils sont solides. Tellement solides! Que faire? La porte? Passer par la porte, quelle honte pour un fantôme!

Mais la porte est fermée. Frissella a le cœur à l'envers. Que lui arrive-t-il?

Tout à coup, la porte de la chambre s'ouvre. C'est la mère de Manuel. Frissella en profite pour se glisser dans le corridor.

Ouf! elle a quitté la chambre... mais elle est toujours prisonnière de cette maison maudite.

Soudain, elle y pense: le foyer! Il y a un foyer dans le salon! Elle y court, plonge dans l'âtre et s'enfonce dans la cheminée qu'elle ramone au passage. Comme le père Noël, elle se retrouve sur le toit de la maison, au milieu de la nuit, sous une lune en point d'interrogation. Sa robe de fantôme est toute sale. Quel gâchis!

C'est alors qu'elle se rappelle la recommandation finale du Grand

Dans le ciel étoilé, Frissella, redevenue invisible, survole la ville. À l'horizon, elle aperçoit la Forêt enchantée et, juste à la lisière, la Joyeuse maison hantée.

Elle fonce vers l'entrée. Elle doit traverser la porte. Absolument!

Elle fonce et... *Whooou*... Frissella se retrouve coincée en travers de la porte, la tête à l'intérieur, les jambes à l'extérieur.

Prisonnière au niveau de la ceinture, elle crie:

– Siggg-siggg! Siggg-siggg!

Rien à faire. Le fameux docteur Sigsig, sans doute endormi ou occupé à la confection de quelque potion, reste sourd à ses appels de détresse. Pendant d'interminables minutes, Frissella se débat comme une démone pour se libérer. Elle se sent comme une saucisse géante cherchant à se dégager d'un pain hot-dog. La moutarde lui monte au nez. Va-t-elle se fâcher?

Frissella, se fâcher? Jamais!

Elle décide de donner un grand coup de poing dans le bas de la porte.

– Le bruit devrait réveiller ce Sigsig de malheur!

Elle lève le bras le plus haut qu'elle peut, puis cogne son poing sur le bas de la porte. Mais son poing passe à travers et Frissella bascule, la tête la première. La voilà dehors, face aux étoiles, le haut du corps à l'extérieur... et les jambes à l'intérieur de la Joyeuse maison hantée.

Si elle ne s'appelait pas Frissella, elle se fâcherait. Découragée, elle décide plutôt de ne plus bouger afin de ne pas empirer la situation.

Soudain, elle sent qu'on la tire par les pieds. De l'intérieur, le docteur Sigsig tente de la dégager. Il porte d'étranges lunettes fluorescentes. Des lunettes-à-voir-les-fantômes. Il tire très fort, mais la porte résiste. Il tire encore plus fort...

D'un coup, la fantôme est libérée. Sigsig et Frissella se transforment en boules de quilles et roulent sur le tapis. Sigsig s'arrête sur le mur, au fond de la pièce. Il a perdu ses lunettes. Après un moment, il se relève. Il ouvre grands les yeux. Devant lui, un pot de fleurs se promène dans les airs.

Sigsig replace ses lunettes-à-voir-les-fantômes sur son nez et aperçoit Frissella, la tête coincée dans le pot de fleurs. À deux mains, il saisit le rebord du pot et le tire vers lui. Frissella tire de son côté afin de dégager sa tête. Soudain, la tête de Frissella se libère et Sigsig reçoit le pot sur le nez. La jeune fantôme tombe sur le derrière et reste coincée dans le tapis.

Implorante et incapable de se relever, elle regarde Sigsig :

– Aidez-moi. J'ai un gros problème.

– Moi aussi, répond le docteur, le nez palpitant et les cheveux en bataille.

tachée de suie.

Frissella se secoue comme un chien mouillé. Toute la poussière s'envole et vient noircir les grosses lunettes spéciales du docteur.

– Pourrais-tu cesser d'être invisible ? demande Sigsig. Je voudrais retirer ces foutues lunettes. Tout est flou et mouvant. Ça me donne le mal de mer.

– Bien sûr.

Frissella se rend visible aux mortels et Sigsig peut enfin enlever ses lunettes-à-voir-les-fantômes.

– Maintenant, explique-moi ce que tu fais ici. Je n'avais aucun rendez-vous cette nuit. J'imagine que c'est important.

– Oui, docteur, ce qui m'arrive est très grave.

Parlant sans arrêt de ce petit Manuel qu'elle doit tranquilliser, Frissella suit Sigsig le long des couloirs, à travers les nombreuses pièces de la Joyeuse maison hantée. Finalement, ils aboutissent dans la cuisine du docteur, où bouillonnent plusieurs potions.

Sur le vieux poêle, des liquides colorés mijotent dans différents chaudrons. Le désordre le plus complet semble régner. Les étagères sont pleines de bocaux et de contenants aux formes diverses. Un chat noir est assis sur le coin de la table. D'un œil malin, il observe les nouveaux venus, puis s'enfuit en deux bonds. Frissella poursuit son papotage. Sigsig se retourne vers elle.

étrange aventure avec le petit Manuel.

Et c'est comme ça, docteur Sigsig, que je me suis retrouvée coincée dans la porte de votre Joyeuse maison hantée. Aidez-moi, je vous en prie. Je n'arrive plus à traverser les murs ni les portes. Je suis perdue !

– Pourquoi es-tu venue me voir, moi ?

– C'est le Grand Fantôministre qui me l'a conseillé.

– Quoi ? s'exclame Sigsig. Tu as vu le Fantôministre ! C'est très rare de rencontrer ce grand personnage. Moi-même, je ne l'ai jamais rencontré.

– Il m'a ordonné de calmer ce petit énervant de Manuel.

– Tu te rends compte, ma petite? Tu as reçu un ordre personnel du Grand Fantôministre! Cette mission doit être de la plus haute importance.

– Peut-être, mais moi, en attendant, je frappe un mur, comme on dit chez les mortels.

Le docteur éclate de rire. Un drôle de rire entrecoupé de hoquets.

– Ma pauvre Frissella, tu t'énerves pour rien. Ton cas est simple: tu souffres d'une allergie mystérieuse.

– Une quoi?

– Une allergie mystérieuse. Ça saute aux yeux.

– Qu'est-ce qui saute aux yeux?

– Tu as un bouton jaune sur le nez. Et un point noir sur le bouton.

– Un quoi?

bouton? demande Frissella, soudain
inquiète pour son apparence.

– Si j'ai un remède?...

Sigsig sourit et se met à chanter d'une
voix de corneille enrhumée:

> ♪♪ *Quelle énigme! Sig, sig, sig!*
> *Quel coco! Ho, ho, ho!*
> *Quel génie! Hi, hi, hi!*
> *Je vais trouver! Yé, yé, yé!* ♪♪

Pendant que Frissella grimace en se
bouchant les oreilles, le docteur se dirige
vers une étagère et saisit une fiole
poussiéreuse. Sur l'étiquette, l'inscription

est à peine lisible, mais Frissella peut quand même voir:

Potion Allergie mystérieuse

– Exactement ce qu'il te faut! annonce fièrement Sigsig. Le point noir sur le bouton jaune indique que ce sont les murs, ton problème. Tout concorde parfaitement. Approche-toi.

Frissella reste sceptique. Le docteur examine son bouton avec une grande loupe. Dans le verre grossissant, l'œil droit de Sigsig devient énorme et se fixe sur le point noir. Frissella se sent comme un microbe sous un énorme microscope.

– Vous êtes certain que votre potion va marcher pour mon allergie mystérieuse? s'inquiète-t-elle.

– Euh… ce n'est pas si simple, indique Sigsig, tout à coup moins sûr de lui. Il faudra d'abord passer à l'Asile.

– Où ça ?

Même ses cheveux ne savent plus où donner de la tête.

– C'est que, autour de ton bouton, il y a une petite aréole bleuâtre.

– Et alors ?

– La potion que j'ai est pour les aréoles verdâtres. Autrement dit, pour les allergies mystérieuses simples.

– Bleuâtre, verdâtre, c'est pareil.

– Attention, ma petite ! Chez les fantômes, il y a un monde entre «bleuâtre» et «verdâtre».

Frissella voit alors les yeux, le nez, la bouche, les oreilles et les cheveux de Sigsig redevenir sévères.

– Tu veux que ton bouton disparaisse… ou qu'il se multiplie?

Frissella s'imagine recouverte de boutons multicolores.

– Qu'est-ce que je dois faire?

– Rencontrer Rond… dès demain.

– Rond?

– Oui, Rond. Le directeur de l'Asile.

Le lendemain, dans le jardin derrière la Joyeuse maison hantée, le docteur Sigsig donne ses dernières recommandations à Frissella:

– Il faut que tu traverses la Forêt enchantée. L'Asile pour fantômes défectueux se trouve de l'autre côté.

Sigsig montre du doigt une profonde forêt au bout du jardin.

bouton est tellement laid. Quelle honte!

– Il se peut que tu rencontres des êtres étranges dans la Forêt enchantée, poursuit Sigsig. Ce sont des créatures imaginées par les mortels. Ne t'attarde pas. Ils sont un peu fous, les mortels.

– D'accord, répond Frissella, très soumise.

– Et souviens-toi: tu dois voir Rond, le directeur de l'Asile, en personne. C'est lui qui te donnera le remède qu'il te faut. Montre-lui ton bouton. Ça devrait suffire. Allez, ma belle, bonne route!

Frissella se retourne, hésitante. Devant elle, au fond du jardin, la Forêt enchantée danse sous un vent qu'on ne sent pas. Et elle chante une mélodie envoûtante, ensorcelante, qu'aucun mortel ne pourrait entendre.

Finalement, la petite fantôme, comme une lueur pâle, plonge dans l'inconnu, sous l'arche que forment deux arbres majestueux.

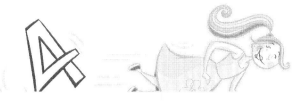

~~Frissella file à travers la Forêt enchan-~~
tée. Elle doit contourner tous les arbres.

Soudain, elle sent une présence. Elle tourne la tête et aperçoit un lièvre qui galope à ses côtés. L'animal ne semble pas essoufflé par le rythme endiablé de Frissella. Ses longues oreilles battent au vent. Il sourit même à la jeune fantôme.

Intriguée, Frissella ralentit, puis s'immobilise. Le Lièvre s'arrête également. Son museau frétille. Il la regarde avec ses deux billes noires qui pétillent.

– C'est mon bouton que tu regardes ? demande la jeune fille, un peu irritée.

– Et ton bouton, c'est moi qu'il regarde ? rétorque le Lièvre, moqueur.

– Très drôle ! Que me veux-tu ?

– Rien.

– Que fais-tu là, alors ?

– Une course.

– Une course avec moi ?

devrait y arriver dans quelques heures.

– Tu vas perdre la course ?

– La course, peut-être, mais pas la vie. Si tu savais le plaisir que j'ai à courir de tous les côtés, à explorer la Forêt enchantée, à manger ici et là, à respirer tous les parfums, à dormir quand bon me semble… et à courir avec les petites fantômes pressées ! Moi, je dis que la perdante, c'est la Tortue. Elle a consacré toute sa vie à cette course. Comme une entêtée, elle n'a jamais rien vu d'autre que son fil d'arrivée.

– C'est triste…

– Imagine-toi donc qu'un mortel raconte notre course dans une fable. Juste à cause de ça, il est devenu immortel! Ça s'appelle «Le Lièvre et la Tortue». Pas très original comme titre! Et dans son histoire, c'est moi qui perds... même si je cours mille fois plus vite que la Tortue. Les mortels pensent que c'est parce que je suis insouciant, étourdi, tête légère. Mais la fable ne raconte pas à quel point je m'amuse.

– Sigsig m'a dit qu'ils étaient un peu fous, les mortels.

– Sigsig? J'aimerais bien le rencontrer, celui-là. Mais je n'ai pas le temps. J'ai un rendez-vous avec la Cigale.

– La Cigale?

– Oui, la Cigale et moi, on voit la vie de la même façon. Alors, c'est forcé, on va se rencontrer un jour. Je ne sais pas où ni quand. Ça doit être écrit quelque part, plus loin dans le livre. De toute façon, nous, les bêtes, on fait tout ce qui

– Hé ! dis-moi, Lièvre, tu connais le chemin vers l'Asile pour fantômes défectueux ?

– Je ne connais aucun chemin, moi.

– Tu n'as vraiment aucune idée ?

– Suis ton destin. Fais ce qui est écrit.

– Facile à dire.

– Va où tu vois de la lumière.

Frissella regarde autour d'elle. Entre deux bouleaux et un bouquet de sapins, elle aperçoit une lueur. Elle se retourne pour remercier le Lièvre, mais il a disparu.

La jeune fantôme s'avance vers l'étrange lueur. Devant Frissella, les arbres deviennent transparents. Sous ses yeux émerveillés apparaît alors un immense édifice blanchâtre qui flotte sur une plaine ondoyante et bleue. Le ciel, au-dessus, est vert.

– L'Asile !

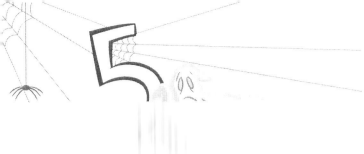

ver devant un gigantesque paquebot fantôme. Sous un ciel vert, l'édifice bouge doucement, sans arrêt. L'Asile, tout blanc, est bercé par les longues vagues bleues de la plaine.

Prudemment, Frissella s'éloigne de la Forêt enchantée et s'avance vers l'étrange bâtiment. Elle se retrouve enfin devant la grande porte. Au-dessus, elle peut lire des mots peints en immenses lettres capitales :

ASILE POUR FANTÔMES DÉFECTUEUX

Frissella n'aime pas le mot *ASILE*, qu'elle ne comprend pas très bien d'ailleurs. Mais elle s'approche quand même de l'entrée. Là, une autre surprise l'attend :

Traversez la porte et attendez
dans le hall.

– Traversez la porte ! On se moque de moi ou quoi ?

Elle s'apprête à cogner. Cogner, quelle humiliation !

Mais avant que son poing n'atteigne le battant, la porte s'ouvre sur un grand fantôme tout effiloché, à qui il manque de longs morceaux.

– Qui va là ?

– C'est le docteur Sigsig qui m'envoie.

– Tu es défectueuse ?

– Je n'arrive plus à traverser les murs.

– Avec le gros bouton que tu as sur le nez, pas surprenant.

– C'est pour ça que vous êtes tout effiloché?

– Oui.

– Vous pouvez me conduire au directeur?

– Qui dois-je annoncer?

– Frissella. Et vous, qui êtes-vous?

– Échancrure… Grand Portier de l'Asile.

Frissella pénètre dans l'édifice. Aussitôt, une chose la frappe: dans l'Asile, il n'y a pas de plancher. Pas de plafond non plus. Il n'y a que des murs et des portes. Les meubles sont posés sur... rien. En bas, c'est le vide... bleu azur. Et en haut, le ciel... vert tendre. Le monde à l'envers, quoi! Frissella en est tout étourdie.

Chancelante, elle suit Échancrure qui passe à travers tous les murs possibles.

Crouischt!... Crouischt!... Crouischt!... Crouischt!...

Chaque fois, un long déchirement se fait entendre et un morceau du fantôme tombe dans le vide, puis disparaît.

– À croire qu'il le fait exprès, chuchote Frissella pour elle-même.

La jeune fantôme avance avec prudence, utilisant les portes ouvertes. Tous les deux se retrouvent bientôt devant une porte massive sur laquelle est gravé un mot:

ROND

Comme par magie, la porte s'ouvre devant Frissella et Échancrure s'en

derrière un long bureau. On dirait un bonhomme de neige. Il n'a pas de cou. Sa tête n'est qu'une boule posée sur son immense corps. Il arbore un grand sourire surmonté de deux points minuscules: les yeux. Une cravate aux couleurs mouvantes, grande comme un tablier, s'étale sur sa poitrine. En dessous, au milieu de sa bedaine immense, un autre point minuscule: le nombril. Deux mains potelées flottent, sans bras, de chaque côté du bonhomme.

Avec la majesté d'un navire, l'énorme directeur glisse de côté, contourne son bureau et vient à la rencontre de sa nouvelle invitée.

– Bienvenue chez nous, chère Frissella. Je me présente: Rond, directeur de l'Asile pour fantômes défectueux.

– Vous êtes Rond?

– Oui, je suis Rond, comme tu peux voir. Alors, dis-moi, tu n'arrives plus à traverser les murs?

– Comment le savez-vous?

– Je sais tout sur les fantômes défectueux. Et puis cet affreux bouton sur ton nez...

– Il n'est pas si affreux!

– Tu as vu l'aréole, autour?

– Oui, je sais, elle est bleuâtre, admet Frissella, un peu découragée.

– Si elle était verdâtre, ce serait plus simple.

intenses qui fixent son nez. Au bout d'un moment, Rond recule et annonce :

– Je dois parler au docteur Sigsig.

– Mais il est de l'autre côté de la Forêt enchantée !

Les deux mains flottantes de Rond invitent la fantôme à regarder sur sa large cravate. Frissella s'approche et aperçoit le docteur, en train d'examiner la porte d'entrée de sa Joyeuse maison hantée.

– Sigsig ! s'exclame-t-elle.

Sur la cravate, le docteur se retourne, comme s'il avait entendu l'appel de la fantôme.

– Frissella ! C'est toi ? Es-tu avec Rond ?

– Euh... oui.

– Alors, dites-moi, mon bon Sigsig, intervient le directeur, d'une voix ronde et joviale, vous n'arrivez pas à guérir notre pauvre Frissella ?

Sur la cravate, Sigsig lève les yeux au ciel, vers la tête de Rond :

– C'est l'aréole. Vous avez vu la couleur ?

– Oui. Mais il y a autre chose. Pouvez-vous encore examiner ce bouton ? Avec votre stéthoscope, cette fois.

Sur la cravate, Sigsig sort un stéthoscope de sa manche. Il enfonce les embouts dans ses oreilles, au fond de sa chevelure en broussaille. Rond invite

Frissella à approcher son nez de la cravate.

– Hum! finit par grommeler Sigsig en reculant. Le bouton… il… il bat.

Frissella porte la main à son bouton. Aussitôt, elle sent une petite pulsation.

– C'est vrai! Mon bouton bat!

– Je ne vois pas ce qu'on peut faire, s'inquiète Sigsig. C'est pire que je le croyais.

– Ne vous en faites pas, docteur, intervient Rond. Ici, nous avons tout ce qu'il faut. Donc, il bat, ce bouton, n'est-ce pas?

– Pas de doute, confirme Sigsig.

– Alors, c'est Pfttt!

– Pfttt! s'exclame Frissella, inquiète. Qu'est-ce que c'est?...

– Pfttt, c'est le remède pour ton bouton.

Frissella se penche vers la cravate.

– Sigsig! Dites quelque chose!

– Si Rond dit que c'est Pfttt, donc c'est Pfttt.

– Échancrure! lance Rond en tapant des mains.

Crouischt!... Crouischt!... Crouischt!... Crouischt!...

Le Grand Portier arrive en traversant tous les murs. Des pans de robe lui sont encore arrachés, mais il en reste toujours.

– Oui, monsieur le directeur?

– Vous allez mener Frissella auprès de Pfttt.

Sur la cravate de Rond, Sigsig a vu l'inquiétude de Frissella.

– Va, ma petite. Aie confiance.

Grouben...

«Où m'emmène-t-il, cette grande échalote d'Échancrure?» se demande Frissella.

Au bout d'interminables couloirs, ils aboutissent enfin dans une immense salle lumineuse meublée de chaises berçantes. En dessous d'un immense lustre étincelant suspendu dans le ciel vert, des fantômes de toutes sortes se bercent avec ardeur.

«Ils se bercent sûrement pour se consoler d'être des fantômes défectueux», pense Frissella en traversant cette curieuse salle de repos.

Elle remarque un fantôme gêné, qui ne dérougit jamais. Un fantôme fleur bleue, qui récite des poèmes romantiques. Enfin, cramponnée à un vieux balai, une fantôme sorcière au nez crochu se berce sous un chapeau pointu.

– Depuis des siècles, explique Échancrure, elle hésite. Être une fantôme ou une sorcière ? Elle n'a pas encore réussi à se décider. Un cas très difficile. Et bien navrant.

– Pauvre elle ! s'attriste Frissella.

Mais elle ne peut s'attarder. Le Grand Portier la conduit à l'extérieur, sur une vaste galerie. Là, d'autres fantômes se bercent avec vigueur. À cause de la lumière du soleil, on ne les voit presque pas. On dirait des chaises vides qui se balancent toutes seules devant un magnifique parc.

– Ce sont des fantômes trop pâles, explique Échancrure. Ils doivent prendre

Suivant l'invitation d'Échancrure, Frissella descend dans le parc et s'approche prudemment. Soudain, le ballon rouge bondit vers elle. Elle l'attrape de justesse et entend un éclat de rire.

Un petit garçon fantôme, tout maigre, à peine visible sous sa casquette rouge, rigole. Il lui fait signe de lui relancer le ballon. Frissella lui rend son ballon et demande :

– Qui es-tu ?

– C'est écrit sur ma casquette.

Et Frissella de lire:

– Alors c'est toi, Pfttt?

– C'est moi.

– Tu as vu mon bouton?

– Impossible de le manquer.

– Le directeur Rond dit que tu peux le faire disparaître. Il est tellement laid... Le bouton, je veux dire. Mais surtout, il m'empêche de traverser les murs. Je dois retourner chez les mortels pour faire peur à un petit garçon.

– Pourquoi veux-tu lui faire peur?

– C'est ma mission. Les fantômes sont faits pour faire peur aux mortels, non?

– Tu es certaine?

– C'est ce que les mortels pensent, en tout cas.

– Les mortels ont trop d'imagination. Ils sont un peu fous.

– Oui, très grave. Surtout s il v... ... dois être très en colère.

– En colère, moi? Impossible!

– Et moi, je te dis que tu es fâchée... Très fâchée.

– Moi, Frissella, fâchée? Ridicule!

– Pour l'instant, ce qui est ridicule, c'est ton bouton.

– Cause toujours. Je ne me fâcherai pas.

– Et c'est quoi, le petit point noir, sur ton bouton?

– Ce n'est pas un point noir!

– Génial, ce point noir! Il va m'aider à mieux viser.

– Mieux viser?...

Sur ces mots, Pfttt lance violemment le ballon en direction de Frissella. Celle-ci a tout juste le temps de baisser la tête pour éviter le choc. Le ballon roule au loin, au pied du grand chêne.

– Tu as failli m'assommer!

– Je sais. J'ai raté mon coup.

– Tu veux m'assommer?

– Non, je veux faire sauter ton bouchon.

– Je ne sortirai jamais de mes gonds.

– Frissella... tu parles d'un nom... On dirait une marque de bonbon.

– Et Pfttt? On dirait qu'on écrase un citron.

– Fantôme en jupon!

– ... ! Cornichon!

bilise sur une longue ...

– Tiens, va le chercher, ton foutu ballon.

– Serais-tu en train de te fâcher, Frissellon?

– Je m'appelle Frissella, pas Frissellon!

Pfttt tourne la palette de sa casquette vers l'arrière et s'envole vers l'arbre, comme une fusée. Debout sur la longue branche, il reprend son ballon et le lance directement sur la tête de Frissella. BING! Le ballon rouge rebondit dans les mains de Pfttt.

Frissella, les jambes molles, lève la tête. Elle commence à être rouge, elle aussi. Aussitôt, elle reçoit encore le ballon, droit sur le nez cette fois. PING! Et Pfttt de s'écrier, en récupérant son ballon:

– Encore raté!

– Mais tu vises le nez! bafouille Frissella.

– Non. Le bouton!

C'en est trop! Franchement exaspérée, Frissella grimpe dans l'arbre et se

retrouve debout sur la même branche que Pfttt. Celui-ci recule.

Frissella en avançant son nez. À cette distance, le point noir, tu ne pourras pas le manquer. Allez, vise-le ! Écrase-le qu'on en finisse ! Fais-le éclater !

– Tu es vraiment fâchée, là, non ?

Pfttt est rendu au bout de la branche. Fulminante, Frissella avance toujours. Soudain, le garçon tourne la palette de sa casquette vers l'avant et s'envole vers l'arrière. La branche se raidit et Frissella est projetée dans les airs. Pfttt se dépêche de poser le ballon sous la fantôme qui retombe. BONG! Frissella rebondit dans le ciel vert.

Reprenant ses esprits, elle se met à planer au-dessus du parc. Elle se sent comme un orage électrique sur le point d'éclater. En bas, elle aperçoit Pfttt, qui rigole toujours. Jamais elle n'a été à ce point enragée. Elle voit rouge.

– Ton ballon, gronde-t-elle du haut des airs, il va bientôt s'appeler Pftttt… comme toi!

Frissella fonce sur le ballon le plus vite possible, le nez bien en avant, le bouton en pointe. Pftttt tient le ballon à bout de bras. Comme une flèche,

Frissella file droit sur la cible. Le bouton, sur le bout de son nez, palpite de rage.

si puissante que tou... berçantes sont renversées. La casquette rouge vole vers le ciel. Frissella et Pfttt sont projetés aux deux extrémités du parc. Des morceaux de ballon retombent sur tout le décor.

Abasourdie, la jeune fantôme retrouve ses esprits. Les doigts sur le nez, elle comprend soudain ce qui vient de se passer. Son bouton a disparu! Il a explosé avec le ballon. Elle se relève et se dirige vers Pfttt pour le remercier. Elle traverse le grand chêne. *Whooouch!* Elle n'a rien senti.

Pfttt, de son côté, se relève difficilement. Il cherche sa casquette. Apercevant la tête rasée du garçon fantôme, Frissella freine et s'exclame :

– Mais tu n'as pas un cheveu sur le melon !

– Et toi, sur ton nez, plus de bouton !

– Merci, Pfttt !

– Ce fut un plaisir, Frissella. Il fallait que tu te fâches… que tu te fâches vraiment fort. C'était amusant de te voir.

À ce moment, une pluie fine se met à tomber de nulle part, nettoyant le parc de tous les lambeaux de ballon… et de bouton. La casquette rouge atterrit doucement sur le crâne nu de Pfttt.

– Est-ce que mon bouton va repousser ? s'inquiète Frissella.

– Approche.

Pfttt retourne la palette de sa casquette vers l'arrière. Il pose un baiser

Non loin, le long Echancrure attend. À ses côtés, Rond se frotte les mains de contentement. Sur sa cravate, Sigsig est ému. Derrière eux, un arc-en-ciel traverse le ciel vert et les chaises, sur la galerie, ont repris leur va-et-vient.

– Tu dois revenir, maintenant, lance Sigsig, sur la cravate de Rond. Le petit Manuel t'attend.

– J'arrive, répond Frissella, un peu tristement.

Traverser la Forêt enchantée sans contourner les arbres, quel bonheur!

Frissella pense soudain au Lièvre et décide de profiter de la musique de la Forêt. Elle s'arrête un moment pour admirer le paysage qui danse autour d'elle. Elle s'assoit sur une roche.

Mais la roche, sous ses fesses, se met à bouger. Frissella sursaute… La Tortue!

– Excusez-moi, mademoiselle, je vous ai prise pour…

– Pour une roche, je sais. Laissez-moi tranquille, voulez-vous ? Je suis occupée. Je fais une course avec le Lièvre.

– Êtes-vous certaine de gagner ?

– C'est écrit dans la fable. Regardez, le fil d'arrivée est là, devant moi. Je vais bientôt le traverser. Le Lièvre est à l'autre bout de la Forêt, probablement en train de s'amuser avec la Cigale. Il n'a aucune chance.

– Il vaut mieux laisser les fables des mortels se réaliser sans intervenir, conclut Frissella. On ne peut rien y changer, je suppose.

– Qu'est-ce que vous dites ? demande la Tortue qui, pour la première fois de sa vie, tourne la tête.

Elle aperçoit alors la Fourmi, sous trois brindilles, en train de se construire une maison confortable pour ses vieux jours.

Oubliant son fil d'arrivée, la Tortue change de direction et s'approche lente-

– Elle a avantage

demander l'hospitalité, celle-là. Je sais ce que je vais lui répondre, moi, à cette tête légère.

– Vous êtes bien méchante! gronde la Tortue.

– Elle aura tout ce qu'elle mérite, cette chanteuse à la noix, ajoute la Fourmi. Avec moi, elle va danser, je vous le promets.

En entendant ces paroles cruelles, la Tortue, d'un mouvement sec, avale la Fourmi. Frissella n'en croit pas ses yeux. Ce n'est pas ce qui est écrit...

Pourtant, elle a bien vu.

Et voilà, en plus, que la Tortue prend la mauvaise direction.

– Hé! mademoiselle la Tortue! lance Frissella. La course... Vous oubliez la course!

– La course? Quelle course?

Sur ces mots, la Tortue s'enfonce lentement, très lentement, dans la Forêt enchantée, là où filtre un peu de lumière.

Frissella devient songeuse: «Elle s'en va retrouver la Cigale et le Lièvre, je suppose. À trois, ils vont écrire une nouvelle fable. Quant à la Fourmi, elle finira ses jours dans le ventre de la Tortue. Ça lui apprendra.»

Il n'y a pas que les mortels qui ont trop d'imagination.

Dans le jardin, derrière la Joyeuse maison hantée, le docteur Sigsig attend.

– J'ai fait un bout de chemin avec la Tortue.

– Je vois. Bon, suis-moi, Frissella, nous avons de la très grande visite. On nous attend dans la bibliothèque.

La bibliothèque hantée est impressionnante. Ce n'est pas comme dans la cuisine. L'ordre règne. Tout est bien rangé. Des centaines et des milliers de livres et de grimoires sont parfaitement alignés sur les étagères. Des très vieux et des tout neufs. Ils contiennent tous les secrets du docteur Sigsig.

Mais ce qui attire l'attention de Frissella en entrant, c'est l'homme qui se tient debout au milieu de la bibliothèque. Elle le reconnaît tout de suite. C'est un géant. Plus grand qu'Échancrure : il frôle le plafond. Il porte un veston noir aux larges épaules carrées, une chemise blanche et une fine cravate noire. Sa tête et ses mâchoires sont carrées, comme ses épaules. Malgré cette stature impressionnante, il cache, dans l'ombre de son front bombé, un regard bleu et apaisant.

Le Grand Fantôministre!

– Je vous laisse? demande Sigsig, très impressionné, lui aussi.

– Non, docteur, restez, ordonne le Fantôministre d'une voix pleine de sourds échos. Notre entretien sera très court. Et il vous intéressera.

Tournant son regard vers Frissella, le géant lui tend une main large et puissante. La petite fantôme se sent aussitôt soulevée du sol. Elle s'élève et se retrouve face au Fantôministre. Suspendue à plus de deux mètres dans

– Je connais ton ami Manuel, commence le Grand Fantôministre. Ce garnement t'a donné du fil à retordre. Mais tu es guérie, maintenant. Bravo. Cependant, ta mission n'est pas accomplie. Tu dois retourner chez Manuel. Le tranquilliser. Le calmer.

– Oui, monsieur. Il n'y a pas un mur qui va m'arrêter.

– Bien sûr. Mais rappelle-toi: tu ne dois pas te laisser émouvoir. Ne jamais te fâcher. Ni avoir peur. Sinon, tu perdras encore une de tes facultés de fantôme. Maintenant, va. Manuel t'attend. Et n'oublie pas: si tu as un problème, reviens toujours voir le docteur Sigsig. Allez. Bonne chance!

Devant les yeux ronds de Frissella, le Fantôministre devient transparent et commence à disparaître... comme un fantôme.

– Monsieur! Monsieur! lance Frissella. Est-ce que vous vous appelez Carré, par hasard?

– Ah! ah! ah! rigole le géant, à peine visible. Non, ma petite. Mon nom est Franck.

– Dites-moi, monsieur Franck, pourquoi ce petit Manuel? Pourquoi encore lui? Pourquoi pas un autre enfant?

Frissella ne voit plus le Grand Fantôministre, mais elle entend sa voix sourde et lointaine:

– Parce que Manuel, c'est la mission de ta vie... C'est ta dernière mission.

Bouleversée, la petite fantôme descend et atterrit doucement au milieu

inquiet.

Il n'y a pas que les mortels qui peuvent avoir peur...

REYNALD CANTIN

Frissella est née dans l'imagination

pense à elle et lui invente de nouveaux malheurs ou bonheurs qu'il transforme en mots.

PAULE THIBAULT

Quand Paule Thibault dépose ses crayons, elle va s'entraîner pour un marathon. Ramasser des roches pour sa collection. Préparer de bons petits plats pour ses invités. Car Paule adore recevoir. Toutefois, pas de monstre, de fantôme ou de chat de sorcière à sa table : elle les garde pour sa table à dessin !

Le cabinet de Sigsig

Lis les dernières nouvelles de la Joyeuse maison hantée. Écris aux personnages, et amuse-toi avec la grenouille Carmelita au jeu de *La détectrice de mensonge*.

La bibliothèque

Lis des extraits des romans ainsi que les *petits plaisirs* des créatures fantastiques. Apprends plusieurs secrets sur les créateurs de la Joyeuse maison hantée.

La cuisine

Découvre les jeux qui se cachent dans les marmites bouillonnantes, dans des fioles et dans des bouteilles de potion magique.

www.joyeusemaisonhantee.ca

La Joyeuse maison hantée

Abrakadabra chat de sorcière

Auteur : Yvon Brochu
Illustratrice : Paule Thibault

Frissella la fantôme

Auteur : Reynald Cantin
Illustratrice : Paule Thibault

www.joyeusemaisonhantee.ca

Auteur : Yvon Brochu
Illustrateur : David Lemelin

Romans

1. Galoche chez les Meloche
2. Galoche en a plein les pattes
3. Galoche, une vraie année de chien
4. Galoche en état de choc
5. Galoche, le vent dans les oreilles
6. Galoche en grande vedette (août 2006)

BD

1. Galoche supercaboche
2. Galoche supercaboche et le club
   des 100 000 poils
3. Galoche supercaboche et les Jeux olympiques

www.galoche.ca